AF465675

LA VIE DV REVEREND & Venerable Pere Dom MARTIN MARRIER Religieux & Prieur Claustral du Royal Monastere de S. Martin des Champs lez Paris.

RECVEILLIE DE BONS & fidels memoires Par le R. P. Dom. Germain Cheual Religieux du mesme Monastere.

Vera effigies R.P. Dom. Martini Ma
Prioris claustralis S. Martini de religion
et Literis meritissimi obijt an. Dñi. 16
mense Febr.

B. Moncornet excu Cum Privilegio Regis

LA VIE DV REVEREND & VENERABLE PERE DOM MARTIN MARRIER, Religieux & Prieur Claustral du Royal Monastere de saint Martin des Champs lez Paris.

CELVY qui mettoit autresfois la parole dans la bouche des Prophetes pour declarer ses volontez, reueler les choses les plus inconnuës, est celuy-là mesme qui fait parler les hommes tous les iours dans les ſuiets où il va de ſa gloire, de quoy l'on ne peut pas ſe diſpenſer ſans ſe rendre coupable du plus grand de tous les crimes, puiſque meſme pour cet effet le plus lourd de tous les animaux deuiẽt éloquent pour declarer à Balaam ce que Dieu deſiroit qu'il fit & ne fit pas.

Celuy-là qui fait parler eſt celuy meſme qui fait eſcrire dans l'Apocalypſe chap. 1. par vn commandement exprés addreſſé à celuy qui voyoit toutes ces merueilles. *Quod vides, ſcribe in libro*, eſcry dans vn liure ce que tu voids, de peur, dit Halgrinus, que la gloire de Dieu ne ſoit intereſſée par l'oubly, & que les hommes n'en perdẽt la memoire. Car l'Eſcriture a cela de propre, dit Suetone, qu'elle rend immortelles les choſes les plus periſſables; c'eſt pourquoy Dieu qui ayme ſa gloire auec paſſió, *Gloriam meam alteri non dabo*, veut que les hommes eſcriuẽt toutes les choſes recommendables, & qui retournent à ſon honneur, auquel ſans doute il n'y en a point qui aye tant de rapport que celles qui regardent l'homme, veu que l'honneur du prototype ſe meſure par celuy de ſon image.

En effet, le ſage le commande expreſſement au chapitre 44. de l'Eccleſiaſtique par ces paroles: *Laudemus viros Glorioſos & parentes noſtros.* Il faut que nous deployons nos langues & nos plumes pour loüer les perſonnes qui ont glorieuſement veſcu en ce monde, & terminé leurs iours auec honneur: *Scribe, beati mortui qui in Domino moriuntur: amodo iam dicit Spiritus*, dit l'eſprit de Dieu dans l'Apocalypse. Il faut dóc d'obligatió parler & escrire de ces personnes qui ont releué la gloire de Dieu par les actiós de leur vie, affin que leur dressant vn theatre d'honneur en ce móde, l'on puisse croire qu'ils iouyssent du triomphe de la gloire dans l'autre.

Vous recognoistrez (bien aymé Lecteur) dans le narré de cette vie, de laquelle i'ay entrepris de vous faire vn abregé, l'obligation que i'ay eu de le faire, & combien l'obmission m'eust rendu coulpable, pouuant seruir de tableau aux plus belles & meilleures ames, pour mener en ce monde vne vie pleine d'honneur, de vertu, de religion & de gloire.

Ce Venerable Pere naquit dans la ville de Paris de parents honorables & vertueux, son Pere s'appelloit Pierre Marrier, & sa mere Ieanne Malot mediocres dans la fortune : mais releuez dãs la vertu. Il vint au monde le 4. iour de Iuillet 1572. & fut baptisé dans l'Eglise paroissiale de sainct Sauueur.

Des le berceau il donna des presages de ce qu'il deuiendroit vn iour, l'on eust dit à le voir que tous ses gestes estoient raisonnables, & faits auec deliberation, en telle sorte que ses parens ne remarquants rien en luy d'enfantin, & de commun aux autres de son aage pour contenter son humeur & satisfaire à son inclination le dedierent à Nostre Seigneur, & luy promirent de le mettre dans le Cloistre de sainct Martin des Champs, la deuotion duquel il auoit receu auec le lait & la naissance: car il nacquit le iour de la Trãslation de S. Martin.

Toutesfois ces promesses ne furent accomplies qu'apres la mort de son Pere, qui ne le pouuoit quitter pendant sa vie pour estre le subiect de ses plus sensibles consolations, qui fut le 21. de Mars 1583. auquel iour il prit l'habit au monastere de S. Martin dés Champs à l'aage de onze ans & neuf mois, des mains du R. P. D. Iacques Amelot Docteur en Theologie Prieur dudit monastere de S. Martin.

Il n'est pas possible d'exprimer icy les Heroïques vertus dont il commença dés lors de faire vne haute practique, l'on ne le recognoissoit ieune qu'à la parolle, & au menton, egalant par ses actiōs les plus enuiellis dans le Cloistre, & il fit bien voir dés lors qu'il estoit dans le monastere comme dans son centre, où toutes les actions sont plus parfaictes qu'ailleurs.

Tous les Religieux attendoiét auec impatience le temps de sa profession, les mois leur duroient des annees, craignants que cette belle fleur ne leur fut rauie par quelque autre enuieux de l'auoir, car la vertu est pour l'ordinaire subiette à cette passion, quoy qu'elle soit loüable pour cette fin.

Enfin le 29. Auril 1596. iour de la feste sainct Hugues Abbé de Cluny, & Patron de l'ordre, il fit profession dans l'Eglise de sainct Martin à la grande messe qui fut celebree par le R. P. D. Claude Dormy entre les mains duquel il rendit ses vœux, comme Prieur dudit Monastere.

Il croissoit en vertu de iour en iour, chacun le prenoit pour le modelle de sa vie, si bien que pour lire la regle de sainct Benoist qu'il auoit professée, il ne falloit que se rendre attentif à ses actions ; il estoit le premier à tous les exercices, nommement à l'office diuin de nuit & de iour. Ce qui fit que les Superieurs le voyants eclairer de la sorte, iugerent qu'il le falloit esleuer sur le chandelier de l'Eglise pour seruir de flambeau à tous les autres, & comme il n'auoit pas moins d'ardeurs que de lumieres, ils le treuuerent propre pour consommer le sacrifice sur les sacrez autels comme il fit le 13. d'Auril 1597. auquel Iour il chanta sa premiere Messe au grand Autel de S. Martin.

L'on dit ordinairement que les honneurs changent les mœurs de bonnes en mauuaises, mais ie le veux croire seulement de ces dignitez criminelles qui infectent par leur contagion les ames les plus innocentes: non pas de celles qui nous approchant de Dieu ſeul & vnique centre de la perfection, ſemblent auſſi deuoir nous perfectionner, comme fit celle du Sacerdoce qui n'augmenta pas certes la vertu de ce Venerable Pere, mais ſeulement la fit paroiſtre auec plus d'éclat, comme les lumieres ſont d'autant plus brillantes qu'elles ſont plus eſleuées, quoy que de cette deuotion elles ne reçoiuent aucun changement.

Pour cette cauſe les Superieurs & tous les religieux de S. Martin voyants bien qu'il poſſedoit la vertu par habitude, & qu'il en auoit acquis abondamment, le ſupplierent en Chapitre, l'an 1618. le 30. Ianuier, de prendre la charge des Nouices pour leur cõmuniquer & enſeigner cette belle doctrine de la vertu, de laquelle il s'eſtoit rendu le maiſtre par pratique depuis tant d'années ; l'on l'eleua de ce degré affin que ſes vertus fuſſent plus communicatiues, comme les eaux d'vne riche ſource qui ne ſe reſpandent iamais mieux que lors qu'elle ſortent d'vn lieu qui eſt dans quelque aſſiette d'eminence ; il l'accepta en fin apres auoir combattu l'eſpace de deux ans.

Le meſme iour de ſon inſtitution, il entra dans le nouitiaire, & fit à tous ſes Nouices vne pieuſe exhortation auec tant d'amour, & de ferueur que chacun commença dés lors à dire qu'il eſtoit né pour de plus grandes charges, & que c'eſtoit trop peu d'occupation à ſon zele ; huict iours apres ayant fait lire tout hautement le

Chapitre de la Reigle de S. Benoist, où il est parlé des meubles que les Religieux doiuent auoir dedans leurs chambres, il leur fit faire inuentaire de tout, renuoyãt à leurs parens tout ce qu'il y trouua ou de superflu ou de trop curieux, comme vray enfant de la pauureté & zelateur de sa regle, faisant responce à ceux qui se plaignoient de cette douce rigueur que les meilleurs ornements de chambre, & de cabinet, sont ceux du cœur qui est le temple du saint Esprit, qu'il est permis d'estaler là dedans tout ce qu'on peut auoir de plus precieux sans que l'on puisse craindre qu'il y aye rien de perdu ou que la teigne puisse rien corrompre.

Il commandoit auec tant d'amour, & conduisoit auec tant de douceur ses Nouices, que tous les

Religieux le ſouhaitterent pour leur Superieur, & ce auec vne ſi forte paſſion que le 8. mois de la meſme annee, il fut inſtitué Prieur Clauſtral & mis en poſſeſſion de ladite charge par le R. P. D. Iacques Ozom Vicaire General de l'ordre de Cluny & ſubſtitué à la place de D. René Hazon Prieur de S. Denys de la Chartre, qui fut reuocqué par Monſeigneur le Cardinal de Guiſe Abbé de Cluny, cependant il ne laiſſa pas le gouuernement des Nouices: car vn chacun le vouloit auoir, & luy eſtoit animé d'vn ſi grand zele qu'il ſe faiſoit comme S. Paul tout à tous.

Dés lors il fit voir plus que iamais qu'il viuoit de l'eſprit de Dieu, car deux ou trois mois apres voyant qu'il ſe gliſſoit dans le conuent vn abus preiudiciable à l'obseruance de la pauureté, sçauoir que chaque religieux receuoit certain nombre de deniers desquels il pouuoit disposer quoy que soubs pretexte de son vestiaire, il s'y opposa courageusement, & assembla expressement la communauté pour cet effet.

Il fit vne remonstrance tendante à ce que vn chacun eust à receuoir son Vestiaire en estoffes cómunes & conformes à la Regle de S. Benoist, protestant qu'il commenceroit le premier, & que si quelqu'vn s'y opposoit en sorte qu'il ne peust rien gaigner sur son esprit, qu'il en dechargeoit sa cóscience deuant Dieu, faisant tout son possible pour deraciner cet abus, non seulement pour cette fois & au monastere de S. Martin des Champs, mais encore par tout ailleurs, où il faisoit sa visite en qualité de Vicaire General de Monseigneur l'Abbé de Cluny, comme à Ferrieres où il fit expressement des ordonnances à cette fin.

Apres auoir fait tous ses efforts pour oster ces abus qui se glissoient touchant le Vestiaire, il passa au viure arrestant dans vne assemblee extraordinaire que depuis la saincte Croix iusques à Pasques, la communauté s'abstiendroit de chair le iour de Dimanche tout entier, & de tous les soupers, si bien que l'on ne mangeoit plus de chair dans S. Martin des Champs que les Lundis, Mardys & Ieudys à disner, & ce pour remettre petit à petit la regle & l'obseruance entiere, & ie vous laisse à penser ce qu'il ne faisoit pas en suitte de cela, affin de monstrer par exemple la practique de ce qu'il qu'il enſeignoit & vouloit perſuader de paroles.

Ses exhortations eſtoient douces & amoureuſes, ſçachant bien que les hommes ſont de cette nature, que la repreſentation du bien les attire & que la vigueur les effarouche. Il tenoit cette maxime pour veritable que pour adoucir les eſprits les plus rebelles, il ne faut qu'vn peu de patience; c'eſt pourquoy en pluſieurs occaſions il a ſouffert des choſes preſque incroyables; comme vn iour qu'eſtant fort mal traicté de l'vn de ſes Religieux, de parolles & d'effect en la preſence meſme d'vn autre, il n'en voulut rien dire, & meſme n'en eut-on rien ſceu ſi celuy qui auoit eſté teſmoing de cette violence n'en euſt fait des plaintes pour luy au R.P.D. Iacques D'arbouſe Grand

Prieur de Cluny pour lors à Paris. Il ſe tranſporta à la ſollicitation de cedit Religieux au Monaſtere de ſainct Martin des Champs, & ayant ouy les plaintes, & la verification du fait, fit punir ce violant ſelon ſon demerite & la grauité de la faute.

Cependant ce bon Pere comme s'il euſt eſté luy meſme le coulpable, il ſollicita fort pour ſon abſolution; c'eſt qu'il auoit apris & practiquoit encore mieux ce dire de l'Euangile qu'il faut rendre le bien pour le mal & l'exemple du Fils de Dieu qui prioit pour ceux qui prenoient plaiſir à le perſecuter.

Dans vne autre occaſion il ne monſtra pas moins de patience, & de charité enuers le meſme qui l'ayant appellé Simoniaque dans vne exceſſiue paſſion deuāt quantité de perſonnes de qualité, il ne voulut pourtant tirer autre ſatisfaction pour cette faute que la recognoiſſance de l'offençant, & à ce qu'il reprochoit qu'il auoit volé ce Monaſtere ſe contenta de faire ouurir ſur le champ, & en ſa preſence le coffre du depoſt dans lequel l'on trouue d'eſpargne par ſon œconomie, la ſomme de ſeize mille liures, depuis cinq ans; En bonne foy ce bon Pere ne meritoit-il pas vne plus grande famille?

Il a eſté l'eſpace de 16. annees Prieur Clauſtral de S. Martin des Champs pendant leſquelles il a ſouffert des trauaux, & outrages ſans nombre par la malice de quelques-vns qui faiſoient ligue continuelle contre luy, & ſollicitoient les autres à luy donner de la peine, ſoit par apels comme d'abus de ſes ordonnances, ſoit par deſobeiſſance formelle accompagnee de rebellion; car comme quelques. vns n'aimoient que le relache, & luy au contraire rien tant que l'obſeruance, il auoit autant d'ennemis mortels; mais comme les ſouffrances ſont les eſpreuues des grandes ames, il ne ſe faut pas s'eſtonner s'il en a tant porté, Dieu vouloit augmenter ſes couronnes par les victoires, & les victoires par les combats.

Nonobſtant toutes ces contradictions il ne perdoit iamais courage ſcachant bien qu'il ne trauailloit que pour l'honneur de Dieu: & non pour ce vain applaudiſſement des hommes. Il eſtoit ſoigneux & vigilant deſus ſes Religieux, en ſorte qu'il ſcauoit tout ce qu'ils faiſoient ou de bien ou de mal. Il auancoit autãt qu'il luy eſtoit poſſible, ceux qu'il eſtimoit pouuoir ſeruir à la religion, & ceux qu'il voyoit rebelles & inſenſibles, les reprenoit aigrement, mais pourtant en telle ſorte que s'il les falloit punir, c'eſtoit auec peine qu'il en prenoit la reſolution, & ne le faiſoit qu'apres auoir ſceu le ſentiment de tous les Religieux, en cela monſtrant ſa douceur & le bas ſentiment qu'il auoit de ſoy-meſme.

L'on ne pouuoit pas ſe plaindre de luy cõme Ieſus-Ch. faiſoit des Phariſiens qui impoſoiẽt aux autres des fardeaux inſuportables, ne les voulant pas ſeulement toucher du bout du doigt, veu qu'il eſtoit le premier à tous les exercices, & de iour & de nuict, en 15. ans l'on ne l'a pas veu vn ſeul iour abſent de matines, eſtant au monaſtere, & meſme le lendemain de ſon retour il ne manquoit iamais d'y eſtre le premier, fuſt-il arriué à dix heures du ſoir. Ceux qui viuẽt encore en peuuent auoir eſté les teſmoings oculaires.

Sa vertu n'eclattoit pas ſeulement dans le Cloiſtre : mais cõme cette belle lumiere de l'Euangile, il eclairoit par tout en ſorte que s'il y auoit vn reglement à faire dans quelque monaſtere ou quelques abus à remedier, il eſtoit pour l'ordinaire choiſy de la Cour de Parlement.

Ayant entrepris de releuer la gloire de Dieu par toutes ſortes de moyens, & ayant commencé & continué par ſes parolles & le bõ exemple de ſa vie, il voulut acheuer par l'ornement de l'Egliſe, & ſçachant bien que l'ame ſe laiſſe charmer par les ſens, & particulierement par l'ouye, cõme le plus delicat de tous, veu que c'eſt par l'ouye que la foy s'engẽdre, dit S. Paul *fides ex auditu*, il entreprit ce grand & long ouurage des orgues qui n'ont peu eſtre perfectionées & accomplies en 15. ans & qui ſont les meilleures de Paris, ſans contredit.

Et comme vn bien poſſedé excite pour l'ordinaire le deſir pour vn autre, voyant que ſes deſſeins auoiẽt ſi bien reüſſi pour ce coup, il prit nouueau courage, & medita la ſtructure du grand autel qui monte a plus de 22. mille liures & eſt en effet vn des plus riches qui ſe voient, ſoit pour la beauté du deſſein, ſoit pour la richeſſe des matieres deſquelles il eſt cõpoſé, comme de Pierres de liez doré, de Marbre noir, en grande quantité & de bronze, dont tout le Tabernacle eſt fait auec des figures cizelées des plus delicates & naifues; Toutes ces belles choses luy doiuent estre attribuées: car encore qu'il les aie fait faire des deniers de la Communauté, l'espargne en est venuë de son œconomie deuãt & apres luy l'on n'a pas veu de telles choses.

Aiant esté contraint de receuoir pension, comme tous les autres anciens Religieux à l'introduction de la reforme (que son aage ne luy pouuoit permettre d'ẽbrasser) il ne disposoit pas de son reuenu cõme quelques autres qui en faisoient à leur volonté; mais il dónoit tout ce qu'il pouuoit à Dieu ou à l'Eglise, comme six grands Chandeliers de Bronze du grand autel, vne lampe & croix de mesme estoffe parfaitement bien cizelées, le Benetier de Pierre de liez qui est à la descente du dortoir, les colónes & plaque de marbre où est l'inscription des refections & reparations de la fontaine à la porte du refectoire piece composée de sa façon.

Les Peres de l'obseruance luy ont de grandes obligations, il leur tesmoigna bien l'affection qu'il auoit pour eux en leur laissant à sa mort toute sa Bibliotheque rare & ample; c'estoit vn vray Religieux il n'auoit rien que pour la communauté.

En fin ce voyant fort sur l'aage incapable de grands trauaux qui se presentoient pourtant plusque iamais par la malice de quelques-vns qui voulant secoüer le ioug de son obeissance, firent de grandes plaintes sur sa conduitte. Elle estoit trop parfaite pour eux. Il tascha le mieux qu'il put de se retirer de ces peines, voiant bien que ces flots estoient trop violents pour y pouuoir resister, & trop ennemis de son naturel qui n'aimoit que la tranquillité & le repos.

A cest effet il presenta requeste à Monseigneur le Cardinal de Richelieu Abbé de Cluny, pour estre deliuré de la charge de Prieur Claustral, & le pria auec tant d'instance, qu'il luy octroia, apres toutefois l'auoir affectueusemét remercié de la peine & du soing qu'il auoit pris tant pour le restablissement de l'obseruance dans S. Martin, qu'ailleurs par tout l'ordre de Cluny où il auoit fait ses visites.

Il n'est pas besoing ny possible d'exprimer la satisfaction qu'il receut de cette demission volontaire veu particulierement qu'il se voioit libre & pouuoit à lors mettre au iour ce qu'il auoit conçeu des si lon-téps sçauoir ces deux beaux volumes l'vn intitulé *Bibliotheca Cluniacensis*, l'autre *Martiniana* de l'exellẽce desquelles ie laisse le iugemẽt aux doctes curieux de l'antiquité & de l'histoire; & si la mort ne l'eust empesché il en eust bien-tost fait voir d'autres, desquels il ne nous reste que quelques manuscripts.

Il auoit apris de sa Regle que la doctrine & la vertu sont également requises dans vn Superieur, affin que la vertu frappant l'œil de ses œuures, la Doctrine esclaire l'esprit par ses instructions, c'est pour cela qu'il tascha de s'y rẽdre excellent par l'étude cõtinuelle & l'attention qu'il rendoit à la Composition ou lecture des bons liures, comme sont ceux desquels ie viends de faire mention.

Cet exercice flattoit tant son inclination que pendant la recreation des autres religieux, il s'occupoit à escrire, & sachant biẽ que l'esprit de l'homme est de cette nature qu'il veut quelquesfois la relache & ne peut pas estre lóg temps attaché à vne forte estude pédant le temps des recreations, il escriuoit & nottoit des liures pour l'Eglise beaux à merueilles tesmoings ceux des RR. PP. Chartreux & du grãd Pulpite de l'Eglise de S. Martin des Chãps. Il aimoit fort le chant, soit plain soit musical, disant ordinairement que c'estoit vne fonction des Anges, & que l'on les imitoit en ce monde, par cet exercice.

Il estoit visité souuent de persónes qualifiées & particulieremẽt des doctes qui prenoient grãd plaisir dãs sa cóuersatió, apprenãt égalemẽt de ses exẽples & de ses discours qui estoiẽt simples, cócis, & familiers. Il estoit d'vn port graue, mais sans affectatió seulemẽt pour cóseruer la modestie religieuse, ce qui faisoit que marchãt soit en ville soit alleurs, il ne quittoit iamais le froc pour le ſentimẽt qu'il auoit de ſa vocation, & portoit ſans ceſſe ſoit en hyuer ſoit en eſté la teſte & la barbe raſes.

Sa vie a eſté pour ainſi parler toute miraculeuſe: car nonobſtant ſes veilles, ieuſnes & auſteritez & ſa foible cõplexion, lors qu'il prit l'habit, il n'vſa pourtãt iamais de remedes, & lors que l'on luy demandoit d'où venoit cette force, & bonne ſanté, veu que dedãs le mõde il eſtoit touſiours malade: il rẽpõdoit que l'obſeruãce en auoit eſté la cauſe: & certes il auoit raiſõ; la grace eſt bien plus forte que la nature & a biẽ d'autres effects dãs les perſõnes qui ſe laiſsẽt gouuerner par elle, cõme il auoit toûjours fait.

Neantmoins comme Dieu a mis des bornes à noſtre vie, dit Iob *Poſuiſti terminos eius qui præteriri non poterunt*, la fin de la ſiẽne aprocha & cõmença par vne maladie qui le ſaiſiſt le 4.

de feburier 1644. & cōtinua iusques au 26. dudit mois, sans luy donner autre peine qu'vne difficulté de cracher & parler.

Il conserua vn iugemēt entier pēdant sa maladie; si bienque lors que l'on luy administroit le Sacrement d'Extreme-Onction, il respondoit à toutes les interrogations, & demandes que l'Eglise a coustume de faire à ces heures, sans aucunemēt extrauaguer. Il faisoit des Exhortations de temps en tēps à ceux, qui le visitoiēt tirant des larmes des yeux d'vn chacun, tant ses parolles estoient amoureuse. A toute heure il apostrophoit le Crucifix iettant les yeux au Ciel comme le lieu de son repos, auquel son ame s'enuola (s'il est vray que la mort est semblable à la vie le 26. de Feburier 1644.) si doucemēt que l'on fut fort long temps sans pouuoir dire s'il estoit mort.

C'est de cette mort que le Prophete Royal parle disant *Pretiosa in conspectu Domini mors sanctorum eius* que la mort des iustes & des Saincts est pretieuse deuant Dieu; pretieuse vrayemét pour luy puisqu'elle l'a couronné apres tant de victoires. Mais plaine de perte & douloureuse pour les autres, plaine de perte pour les Religieux qui ont perdu en luy vn vray modele de religion, plaine de perte pour les Peres de l'obseruance qu'il cherissoit comme ses enfans, plaine de perte pour les pauures ausquels il faisoit de grands biens iusques à se despoüiller vne fois au plus fort de l'hiuer pour donner sa robbe à vn pauure aueugle : plaine de perte pour les gens doctes qui retrouuoiét chez luy & dans luy tout ce que l'antiquité tenoit de plus couuert ; c'est pourquoy il est mis au nóbre des escriuains Ecclesiastiques dans l'apparat nouuellement imprimé, il n'y a que pour luy que cette mort est pretieuse gaignant (auec autant d'asseurance que l'on peut auoir en ce mõde) ce pourquoy il n'y a persõne qui ne voulust auoir tout perdu.

Son Corps est enterré au Monastere de sainct Martin des Champs dans la grande Chapelle de l'Infirmerie.

SVR LA MORT DV R. Pere D. Martin Marrier.

STANCES.

TOY qui fais que l'honneur de ce grand Prieuré
Vainque par tes Escrits & le temps & l'enuie,
Fais-tu pas que ton Nom des âges reueré
Triomphe de la Mort par sa Gloire & sa vie?

AVTRE.

Impitoyable Mort! en vain tu nous molestes,
Dom Marrier est encor au nombre des Viuans,
Puisque malgré ta faux, ses Escrits sont des restes
Qui le tiennent au rang des vertueux Sçauans.

D. S. G.

FINIS CORONAT OPVS.

www.ingramcontent.com/pod-product-compliance
Ingram Content Group UK Ltd.
Pitfield, Milton Keynes, MK11 3LW, UK
UKHW012123240726
13965UKWH00005B/1932